LES PORTIERS

DE PARIS.

LES

PORTIERS

DE PARIS

ESQUISSE PARISIENNE

PRIX : **50** CENTIMES

Précoce calvitie du Portier.
— M. de Buffon et le cheveu. —
Classification du Portier.
— La Portière et Madame Lafarge. —
Le Portier à nez jaune, rouge
et violet.

PARIS

CHEZ TOUS LES LIBRAIRES.

—

1861

I

Invocation à la Muse. — Le Portier de Paris et le Portier de province. — Les héros d'Homère. — Montesquieu et les Portiers.

Muse de mes pénates, inspire - moi ; je vais chanter l'histoire du Portier ! Laissons les Rigolboches en paix ; trop longtemps on a remué la boue de leur vie pour nous en éclabousser ; le pompier et le notaire n'occupent plus nos esprits, mais le Portier mérite et méritera toujours de notre part l'étude la plus *consciencieuse !*

Considéré comme bipède, le Portier de Paris ressemble à tous les hommes ; mais il diffère considérablement de son confrère de province.

Ce dernier est une espèce rare et qui tend tous les jours à disparaître. Avis aux naturalistes et aux classificateurs. Le Portier de province est en général un vieux militaire en retraite ; il portait le double chevron au régiment; ses soldats l'appelaient *chargent*; aussi a-t-il conservé, en tirant le cordon, cet air martial qui distingue les héros d'Homère.

La plupart du temps, le Portier de province ne dépend que d'une seule famille; on ne le rencontre que dans les riches hôtels. Il ne faut donc pas s'étonner qu'il soit si poli envers les amis d'un maître qui pourrait lui signer son congé dans les vingt-quatre heures.

Le Portier de Paris est tout autre; il est bien plus indépendant et se livre sans réserve à ses mauvais instincts.

gémiront bientôt ; et d'autres qui, pour dissimuler leurs désordres ou leur incapacité, sont trop heureux d'attribuer leur ruine à l'augmentation des prix de location; et d'autres ?...

Arrêtons-nous....

Pour causer sérieusement, il est nécessaire de mettre de côté les individus et les faits particuliers, et de parler seulement des faits généraux et des masses.

L'augmentation des prix de location, à Paris et dans les grandes villes, est un fait incontestable.

Mais elle n'est point imputable aux propriétaires, à la prétendue cupidité des propriétaires; elle ne leur profite pas autant qu'on affecte de le croire et de le dire; elle n'est ni la cause unique, ni même la cause principale des souffrances d'une partie de la population ; et il est souverainement injuste d'attribuer ces souffrances à l'action des propriétaires.

cause de la décadence romaine; comment se fait-il que Montesquieu ne l'ait pas signalée dans son remarquable ouvrage?

II

Précoce calvitie du Portier. — Le cheveu considéré comme sentiment et le mot de M. de Buffon.
— Champfleury; Feydeau. — Essai d'une classification.

Mais il ne suffit pas de s'emporter
en un brillant réquisitoire contre le
Portier. Il faut avant tout lui montrer
ses défauts, c'est ce que je vais essayer de faire en esquissant son por-

trait. Puisses-tu, après avoir lu ces quelques lignes, faire ton examen de conscience et te couvrir du *silice*, ô coupable *pipelet*.

Il est en général gros et rabougri comme un vieux hêtre; blasé de bonne heure par ses profondes lectures sur tout ce que les mondains appellent les *jouissances de la vie*, le Portier a perdu en général tous ses cheveux à trente ans.

Et à propos de cette calvitie, permets-moi, ami lecteur, une digression importante.

Pour moi, la chevelure, chez un homme, est le thermomètre de son caractère. Vois-tu ce jeune homme élancé, aux cheveux longs comme des branches de saule pleureur; c'est un admirateur de l'idéal; il cherche le beau partout où il n'est pas; il ne vit jamais au milieu de ses semblables; son esprit plane dans les sphères de l'infini !

Ceux-là, au contraire, qui ont les cheveux ou crépus ou si courts, si courts, qu'on peut voir l'ivoire de leur crâne; ceux-là sont les réalistes affectés.

Pour eux, il n'y a qu'un Dieu; Champfleury et ses adeptes; Flaubert et Feydeau sont mis en parallèle; ils accordent autant de talent à l'inepte auteur de Catherine d'Overmeire, qu'au psychologiste consciencieux qui a écrit madame Bovary.

Ainsi, tu le vois, ami lecteur, si Buffon a dit : le style c'est l'homme, on est fondé à ajouter : le cheveu c'est le sentiment. *Ce qui ne prouve pas qu'on puisse saisir les sentiments par les cheveux.*

Mais revenons au Portier. Nous allons essayer d'en faire la classification.

III

III

Classification du Portier.

Les carnassiers et les rongeurs. — Le nez employé comme terme de comparaison. — Le *Pipelet* à nez jaune. — Histoire de Lanturlu et de la belle Madelon. — M. Coquenard et ses bottes.

Les naturalistes, en énumérant la disposition des dents chez les quadrupèdes, sont parvenus à établir deux familles; les carnassiers et les rongeurs.

Pour classer le Portier, il faut examiner son nez. De cet examen on arrive à établir trois familles bien distinctes :

1° Le Portier à nez jaune,

2° Le Portier à nez rouge,

3° Le Portier à nez violet.

Le Portier à nez jaune. —Il est en général maigre et élancé et ne parle que par monosyllabes ; il tient le mariage pour la plus perfide des institutions et se borne à fabriquer des souliers. — Il fait la cour aux locataires dont il raccommode les chaussures, mais gare à ceux qui choisissent un autre savetier !

Pour ceux-là il est sans pitié, et il n'est pas de tourments dont il ne les persécute!

Le Portier à nez jaune est né en général dans la loge qu'il habite. Il est *pipelet* de naissance. Mais en sa qualité de célibataire il est fort galant avec les jeunes filles de la maison. On m'a raconté sur l'un d'eux une histoire qui trouvera sa place ici.

HISTOIRE DE LANTURLU

ET DE LA BELLE MADELON.

Le Portier Lanturlu n'avait jamais

vu que sa loge; il vivait dans les ténèbres comme un grand-duc, et jamais une blonde fille n'était venue scintiller dans son ciel plein de nuages.

Et le beau Lanturlu soupirait ; car il était à l'âge où le *pipelet* aime ; il venait d'atteindre sa vingt-cinquième année !

— Quoi ! disait-il souvent en rapiéçant de vieilles bottes, il sera donc dit que Lanturlu n'aura jamais aimé. Quoi ! aucune femme ne viendra égayer mon horizon et reposer mes yeux.

Telle était la disposition de son

cœur, quand la belle Madelon vint se présenter au premier en qualité de bonne à tout faire.

— Muse, retrace-moi les émotions de Lanturlu, le jour où il tira pour la première fois le cordon à cette jeune vierge et où de sa voix enfantine elle vint lui demander si M. Coquenard était chez lui.

M. Coquenard était un vieux professeur en retraite; il courait le cachet à raison de 2 fr. l'heure.

— Il est chez lui, répondit le savetier; puis il lui sembla que son cœur allait se briser tant il battait avec force.

Ce vieux cuistre, pensa-t-il; il aura ses prémices (Lanturlu n'avait pourtant pas suivi un cours de logique). Puis il s'appuya sur les vieilles bottes du professeur qu'il ressemelait. Blonde est sa chevelure, disait-il en travaillant; bleus sont ses yeux comme la faïence de mon saladier. Ici transporté, il s'arrêta pour essuyer une larme.

Deux jours se passèrent et Lanturlu ne cessa de penser à la belle Madelon.

— Oh non; il ne sera pas dit, jeune fille, que tu auras fané ta jeunesse dans les bras de ce rhétoricien en retraite.... Madelon! Madelon! je t'apprendrai mon métier, et tu feras des savates pendant que je m'occuperai des bottes!

C'est ainsi que l'honnête artisan voyait dans son amour même un accroissement à son commerce. — O sainte réalité!

Un matin la belle enfant descendit dans la loge du portier, elle venait réclamer les bottes de son maître; Lanturlu les lui remit en tremblant. — Mademoiselle, lui dit-il, y a-t-il longtemps que vous êtes arrivée à Paris?

— Huit jours, Monsieur!

— Vous habitiez Belleville, sans doute?

— Non, Monsieur, Falaise en Normandie.

— En Normandie, Falaise... Magnifique nature! Je me disais bien en vous voyant si jeune, si belle... Ici l'émotion l'emportant, le Portier laissa tomber les bottes du professeur.

— Eh bien? c'est ça, fit la Normande, ne vous gênez pas, faites comme cheu nous. Oh! il fallait voir à la fête comme les gros gars du village aimaient valser avec moi... J'ai de la poigne, voyez - vous.

— Chère enfant, à Paris, on dit : *biceps.*

— Va pour *biceps*, et la jeune fille posant les bottes à son tour, se mit à piquer un cancan digne du Prado ou des autres bals de Paris.

Le Portier fut épaté, et il eût été scandalisé si le livre intitulé : *Ces Dames*, qu'il lisait en ce moment, ne lui eût appris que le cancan est la danse la plus décente, parce que c'est la plus naturelle.

Grande fut la douleur de Lanturlu le jour ou plutôt le soir où la belle Madelon sortit pour ne plus rentrer chez le vieux professeur.

Pendant deux mois, il espéra la voir revenir, mais en vain.

Enfin, un jour qu'absorbé dans son travail il pensait à la vénalité des femmes, et aux inconvénients du mariage, une jeune femme, splendidement vêtue, vint frapper à sa porte.

O miracle! c'était Madelon!

— Brave Lanturlu, lui dit-elle avec des airs de grande dame faits pour surprendre quelqu'un de moins naïf que l'honnête Portier; j'ai acheté un magnifique hôtel, place Saint-Georges, voulez-vous être mon concierge.

Lanturlu jeta un regard indécis autour de lui, contemplant le fauteuil et tous les meubles qui avaient appartenu à ses parents.

Enfin, la passion l'emportant :

— Oui, dit-il, je te suivrai, Madelon.

Puis se ravisant :

— Je suis à vos ordres, madame.

Le surlendemain, Lanturlu tirait le cordon, place Saint-Georges.

Madelon était reine de céans. Un milord anglais qui n'avait pas assez de millions pour contenter ses folies, l'entretenait à grands frais, et de temps en temps la jeune femme causait avec son Portier du temps où il ressemelait de vieilles bottes.

Plus d'une fois Lanturlu éprouva la jalousie de Frolo; mais on se fait à tout, et puis l'on m'a assuré que cette année le milord ayant eu besoin d'aller prendre les eaux, Madelon avait amplement dédommagé Lanturlu pendant les deux mois d'absence.

Aussi, toutes les fois que l'Anglais se plaint de quelque migraine :

— Vous devriez aller passer un mois aux eaux, dit Lanturlu avec intérêt.

Ainsi finit l'histoire de la belle Madelon.

IV

IV

Le Portier à nez rouge.

Origine du denier à Dieu ; le portier à nez rouge ;
les amendes après minuit ; le critique et le demi-
franc. — Influence du Portier sur la littérature.

Voici la pire espèce ! C'est elle qui
a inventé le denier à Dieu et les
amendes après minuit !

Du denier à Dieu. — Il est d'u-

sage que tout locataire entrant dans
une maison, graisse la patte du concierge. C'est encore une loi que nous
ont transmise les Romains; voici
pourquoi ce tribut est ainsi nommé.

Il était d'usage, quand on entrait
dans un temple, de laisser une of-
frande au dieu qu'on venait invo-
quer. C'était le gardien qui profitait
de la générosité. Ce que voyant, les
Pipelets de l'époque se dirent : César
est regardé comme Dieu , *pro Deo
habetur;* avant d'entrer dans son pa-
lais, il faut que chaque citoyen laisse
son tribut à la porte.

Cet usage resta en honneur parmi

les Portiers de grandes maisons, et encore aujourd'hui, les solliciteurs ont plus d'une fois maudit le souvenir du Portier romain.

Chez les pauvres gens, l'usage ne put prendre ; alors le Portier se contenta de réclamer son tribut à l'installation du locataire.

Et voilà l'origine du denier à Dieu.

Le Portier à nez rouge étant en général fort paresseux, passe son temps à chercher querelle à tout le monde. Malheur au domestique qui laisse tomber de l'eau dans l'escalier ; malheur au locataire qui rentre après minuit !

Le lendemain, tandis qu'il dort du sommeil du juste, il voit se dresser devant lui la silhouette de son ennemi. Celui-ci lui fait observer qu'il a été dérangé après minuit, que les règles de la maison sont strictes sur ce point, et qu'il doit la somme de 50 centimes.

Le locataire se plaint; il est critique dans un petit journal, où il doit rendre compte des premières.

— Vous ne me donnez jamais de billets, répond le concierge. — Circonstance aggravante !

— Enfin, après s'être bien débattu, il paye au concierge le demi-franc, se promettant d'en référer à son propriétaire. Mais M. Vautour, content d'ailleurs de son concierge, ne fait pas droit aux plaintes du critique aux abois.

Aussi, dans ses feuilletons, mademoiselle Aspasie est une détestable actrice ; monsieur X n'a pas de tenue, et l'auteur de la dernière pièce devrait laisser la plume pour conduire la charrue.

O influence du Portier à nez rouge sur la littérature !

V

Du portier à nez violet; ses rapports avec le propriétaire. — Il lit les journaux. — Ses auteurs favoris; Paul de Kock et Paul Duplessis. — Gare à la cave.

Tout Portier tombe à la fin de ses jours dans cette catégorie. C'est la vieillesse qui bleuit le nez. Il est donc nécessaire d'étudier longuement ce type, puisque tous les Portiers doivent un jour, quand approchera leur dernière heure et tombera leur dernière dent, prendre place dans cette famille de violacés.

Ce qui le distingue, c'est son opposition franche au propriétaire. Autant ses jeunes collègues sont rampants devant le maître ; autant celui-ci parle du ton d'une dignité offensée.

Il a vieilli dans la maison qu'il s'est habituée à considérer comme sienne ; il n'est donc pas étonnant qu'il reconnaisse si peu l'autorité du propriétaire.

Et puis il a, dans les journaux qu'il

lit régulièrement tous les jours, puisé des idées d'indépendance. — Le Pipelet à nez violet est un lecteur du *Siècle.*

Cependant, depuis quelque temps, il semble préférer l'*Opinion natio-nale*, à cause des feuilletons du vicomte Ponson du Terrail.

Oui, c'est là que se borne toute sa politique.

Puisque je parle des journaux, laissez-moi vous montrer ici son plus grand défaut. Il lit les feuilles de son locataire, et si celui-ci a le malheur de se plaindre que la bande soit mise tout de travers à son journal.

— Et quoi, monsieur, voudriez-vous priver le pauvre peuple de son seul bonheur. La lecture, monsieur, fortifie l'âme et élève les idées. Ah ! vous êtes encore partisan des vieilles croyances et vous ne voulez pas que la nation marche au progrès? Pauvre peuple, comme le bourgeois t'atrophie.

Ainsi parle le Pipelet à nez violet, et le locataire ébahi consent à lui laisser lire ses journaux.

— Mais au moins, disait l'autre jour devant moi un malheureux locataire, portez-moi mon journal dès que vous le recevez, je vous en ferai cadeau après l'avoir lu ; mais que j'en aie les prémices.

— Les prémices, il parle toujours de primeurs, murmurait le Portier en descendant. Au printemps, monsieur recherche les primeurs... Double sot. Il se marie il y a quelques jours avec une jeune fille de province qui comptait au moins quatre cousins. — Les primeurs... Triple sot !

La lecture des journaux ne suffit pas à l'esprit du Pipelet à nez violet. Trop fainéant pour travailler, il occupe ses loisirs par la lecture d'ouvrages instructifs ; MM. Paul de Kock et Paul Duplessis lui procurent ses plus douces émotions.

Il faut le voir penché sur les pages si *émouvantes* de *Gustave le mauvais sujet*, ou suivant d'un œil hagard les épisodes dramatiques des *Boucaniers*. J'en connais un que le roman de M. Duplessis a tenu couché deux jours.

J'ai dit que la première cause de la couleur violacée du Pipelet, c'était la vieillesse. Il y a peut-être un autre motif, la cave des locataires.

Gare à vous, messieurs, qui cachez dans une cave bien obscure le xérès et le malaga. Ces vins-là feraient commettre les plus grands crimes au Portier.

Lorsque tout dort dans la maison, prenant sa lampe nocturne plus d'une fois, le Portier à nez violet est descendu dans la retraite des bouteilles, et là, seul avec son déshonneur, il s'est livré aux orgies les plus épouvantables.

Écoute cette lamentable histoire, ô toi qui as un caveau bien fourni, et tremble s'il te reste encore un sentiment d'humanité, et si l'instinct de la propriété n'est pas mort en toi.

Un vieux Pipelet, dont le nez trognonait à merveille (comme dirait Rabelais), vivait de la façon la plus sobre. Il se grisait une fois par an, et pendant 364 jours de l'année buvait frais à ses repas, et mangeait fort peu, comme un amoureux des boulevards.

Ah ! il avait des motifs pour être si triste. Il avait tour à tour accompagné à Mont-Parnasse, sa fille, ses deux enfants et sa femme Véronique, trognonante du premier degré, d'ailleurs fort acariâtre.

Le malheureux concierge a juré de noyer son chagrin dans le vin. Mais lorsqu'il essaya, se souvenant tout à coup de la vie calme et pleine de sobriété qu'il avait menée auprès de Véronique, il s'écria : Non, non, je me griserai selon mon habitude, le jour de la Saint-Médard.

Et le jour de la Saint-Médard arriva. Le Pipelet se fit remplacer dans sa loge et descendit dans la cave du propriétaire. C'était là qu'il faisait ses libations annuelles.

La cave était sombre, mais plus sombre encore était le cœur du Pipelet à nez violet !

Spectre chauve de Véronique, s'écria-t-il, pourquoi me poursuivre ici. Et tandis qu'il parlait, les rats, aux moustaches de sapeur, dansaient un menuet digne des héros de Bullier !

Le malheureux, pour chasser les

tristes pensées qui l'assiégeaient, s'é-
tendit à terre, tout du long, au-des-
sous d'une pièce de Bordeaux en
perce.

*Mais pourquoi revenir vers ces
scènes passées,* dit-il (il savait son
Lamartine). Puis il ouvrit le robinet;
un vin délectable glissa dans son estomac.

Il se laissa aller aux douces jouissances d'un estomac qui s'humecte.
Enfin le sommeil vint clore sa pau-
pière.

*Et cependant le vin coulait tou-
jours.*

A minuit, ne le voyant pas remonter, l'ami qui tirait le cordon pour lui jugea à propos d'aller le chercher. Hélas, il ne releva plus qu'un cadavre, le malheureux s'était noyé dans le vin de son propriétaire!

O vous qui avez dans vos maisons des portiers veufs; le jour de la Saint-Médard, veillez à votre cave.

VI

VI

Jusqu'ici, j'ai supposé le portier célibataire; il me reste à vous le montrer accouplé au *beau sexe.* — Le Portier-époux est un type trop curieux pour échapper à l'analyse.

Le Pipelet qui vit avec une femme

se rencontre presque partout; mais le véritable époux, celui qui a signé le contrat par-devant notaire est beaucoup plus rare.

— Que voulez-vous, me disait un jour certain Pipelet à *nez rouge*, je suis trop libéral pour me marier conformément à la loi. Je veux me réserver le droit de congédier ma femme le jour où elle me déplaira.

Ce que sa femme ayant entendu, elle lui appliqua une paire de soufflets dont il garde peut-être encore l'empreinte à l'heure qu'il est.

Il est dans la destinée du Portier de se laisser conduire par sa femme, cela s'explique facilement si l'on songe que le Pipelet se marie à l'âge où l'on éprouve le besoin d'un guide et qu'il épouse en général une jeune femme.

Les portières sont en général très-patriotiques; elles forcent leurs maris à monter la garde toutes les fois qu'ils sont de service. Il faut vous dire qu'une grande partie de la garde nationale est recrutée parmi les Portiers.

Je ne dirai pas grand' chose de la Portière, on peut s'en faire une idée par ce que j'ai dit de son noble époux.

Son plus grand défaut est la coquetterie. Aujourd'hui que l'hôtel de Rambouillet n'est plus, c'est parmi les Portières qu'il faut chercher les vieilles coquettes.

Mais ce défaut n'est-il pas en quelque sorte excusable? La portière tire le cordon à une cinquantaine de locataires; ne doit-elle pas, pour peu qu'elle soit agréable, finir par rencontrer ce jeune amant qu'une femme mariée aperçoit partout en rêve, et qu'elle doit fatalement rencontrer un jour sur son chemin.

On ne doit donc pas s'étonner que les enfants du Portier ressemblent généralement si peu à leur père ; mais bien plutôt aux Messieurs du premier ou du second.

Le Portier beaucoup plus âgé que sa femme est en général le premier qui passe de vie à trépas.

C'est un fait digne de remarque et que je signale à l'Académie de médecine que cette mort est presque toujours instantanée.

Ils meurent en général ou d'un anévrisme, ou d'un coup de sang ou d'une attaque d'apoplexie foudroyante.

Je sais qu'un docteur érudit me dira : Monsieur, je trouve la cause de ces morts subites dans la vie sédentaire du Portier. Mais nous autres moralistes ne devons-nous pas voir une cause plus terrible à ces événements si fréquents.

Pipelets, que l'ombre de Madame Lafarge se dresse à vos yeux! Pipelets!... Je ne vous dis que ça.

La Pipelette devenue veuve ne tarde pas à prendre un nouvel épouseur. Comme elle est très-martiale de sa nature, elle se marie en général avec un jeune soldat revenu du service. Et l'oraison funèbre du défunt est bientôt faite !

Muse de l'histoire ; je t'invoquais

au commencement de mon opuscule,
m'as-tu soutenu? — Ai-je fait le jour
autour de moi, le flambeau de la vérité
à la main? — Ai-je été assez impar-
tial? —Ai-je fait taire dans mon âme
toute rancune personnelle?

La postérité me jugera. Puissé-je
n'avoir blessé personne et puisse
mon lecteur être préservé des rhumes
de cerveau.—Et maintenant: Tirons
la ficelle.

Paris.—Imprimé par E. Thunot et Cᵉ, 26, rue Racine.